AF340886

VENTE AUX ENCHÈRES PUBLIQUES

DES

ARMES EUROPÉENNES

DES XVIIe, XVIIIe ET XIXe SIÈCLES

ARMES EXOTIQUES

TABLEAUX

ANCIENS ET MODERNES

BIJOUX

BRONZES D'ART ET D'AMEUBLEMENT

Objets de Vitrine

MEUBLES ANCIENS & DE STYLE

SIÈGES

Tapisseries à Personnages

TAPIS D'ORIENT

A PARIS, HOTEL DROUOT, SALLE N° 11

LE MERCREDI 18 DÉCEMBRE 1912

à deux heures

Me E. FOURNIER	**M. R. BLÉE**
COMMISSAIRE-PRISEUR	Expert près le Tribunal civil de la Seine
29, rue de Maubeuge	53, rue de Châteaudun

EXPOSITION PUBLIQUE

Le Mardi 17 Décembre 1912, de 2 heures à 6 heures

CONDITIONS DE LA VENTE

Elle sera faite au comptant.

Les adjudicataires paieront *dix pour cent* en sus des enchères.

L'exposition mettant le public à même de se rendre compte de l'état et de la nature des objets, aucune réclamatiou ne sera admise une fois l'adjudication prononcée.

Paris. — Imp. de l'Art, Ch. Berger, 41, rue de la Victoire.

DÉSIGNATION

ARMES

1 à 15 — Quantité d'armes exotiques : malaises, sénégalaises, marocaines, centre africain, massues, poignards, sabres, lances, fers de lance, arbalètes et flèches, fétiches, instruments de musique en bois sculpté travaillé et décoré en cuir, etc., etc. (Seront divisées.)

16 — Sabre japonais, lame à canaux, damasquinée et laquée; fourreau décoré de fleurs en laque sur fond noir.

17 à 20 — Sabre chinois, poignée et fourreau en os sculpté et gravé; sabre japonais; petit sabre japonais; sabre japonais, fourreau cuir noir; sabre court, poignée et fourreau bois, lame gravée.

21 — Deux couverts à riz et deux poignards chinois.

22 — Deux sabres à larges lames en acier gravé; poignée osier.

23 — Deux sabres algériens.

24 — Six sabres persans ou assyriens, à lames damasquinées ou cannelées.

25 — Sabre persan, à lame recourbée et damasquinée d'or, inscriptions gravées; poignée en ivoire.

26 — Sabre persan, à lame recourbée; fourreau cuivre et cuir.

27 — Deux haches persanes.

28 — Douze poignards persans.

29 — Poignard persan, à lame recourbée et damasquinée, à arête centrale et gravée de combats d'animaux; poignée en acier damasquiné d'or; fourreau en cuir et filigrane d'argent.

30 — Quatre poignards corses, malais et autres.

31 — Deux navajas.

32 — Onze poignards européens.

33 — Epée à coquille et quillons.

34 à 38 — Six sabres de marine et d'abordage.

39 — Hache d'abordage.

40 à 43 — Huit sabres-baïonnettes et autres.

44 à 48 — Neuf sabres de cavalerie.

49 — Deux hallebardes.

50 — Epée à deux mains, à lame plate; poignée acier, ornements bronze.

51 — Epée italienne, lame à canaux; poignée à quillon et coquille; pommeau en acier gravé. xviie siècle.

52 — Main gauche à coquille en acier gravé, à lame repercée, quillon et coquille en acier décoré.

53 — Epée vénitienne, garde de fer.

54 — Deux épées de combat, lames triangulaires.

55 — Epée italienne, lame à canaux.

56 — Trois épées allemandes, poignées à quillons en acier, lames plates.

57 — Epée allemande, à quillon et pas-d'âne, lame plate.

58 — Epée à lame à canal et gravée ; poignée en bronze ciselé et doré. Fin du xviiie siècle.

59 — Main gauche, à coquille rabattue, quillons recourbés.

60 — Epée espagnole, lame à canaux; poignée à quillons et pas-d'âne.

61 — Epée à lame à canaux, coquille pas-d'âne et quillons.

62 — Epée à lame plate, coquille pas-d'âne et quillons.

63 — Deux couteaux de chasse.

64 — Epée à deux mains, à quillons et pas-d'âne.

65 — Epée à deux mains, à quillons recourbés.

66 — Deux gantelets.

67 — Chapeau d'arme en fer avec porte-plumet, cuirasse.

68 — Deux lances de dragons.

69 — Pavillon chinois, brodé du dragon.

70 à 73 — Fusils arabes et français, d'infanterie et de
cavalerie.

74 — Arquebuse à crosse en bois sculpté et acier gravé.

75 — Carabine suisse.

76 à 90 — Lot d'armes : épées, baïonnettes, sabres,
masses d'armes, chanfrein et casque, etc. (Sera di-
visé.)

91 — Trois bois de cerf ou de renne, quatre têtes de
chevreuils ou isards naturalisées.

TABLEAUX

BONNINGTON

92 — *Marie de Médicis au berceau de son fils.*

Esquisse.

DAUMIER

93 — *Désagréable surprise.*

Dessin à la sépia.

DOIZÉ (M.)

94 — *Le Singe alchimiste.*

Toile.

MÉRY (E.)

95 — *Coup de vent après l'orage.*

Toile. Haut., 1 m. o3 cent.; larg. 1 m. 47 cent.

(Salon de 1876.)

ROUSSEAU

96 — *Paysage anime.*

Toile. Haut., 82 cent.; larg., 1 mètre.

SAINT-MARCEL

97 — *Tigre.*

Dessin au crayon noir.

SAINT-MARCEL

98 — *Lionne couchée.*

Dessin rehaussé.

SAINT-MARCEL

99 — *Jaguar aux aguets.*
Dessin au crayon noir.

ÉCOLE ESPAGNOLE

100 — *Rortrait d'un Jeune Homme, revêtu de sa cuirasse.*
Toile.

ÉCOLE FLAMANDE

101 — *Les Amours de Gombault.*
Dessin à la plume·

ÉCOLE FRANÇAISE

102 — *Personnages consultant les tarots.*
Panneau.

ÉCOLE FRANÇAISE

103 — *Portrait d'un Bourgmestre.*
Toile.

ÉCOLE FRANÇAISE

104 — *Portrait d'un Jeune Garçon.*
Pastel.

IVOIRES
BIJOUX, FAIENCES, BRONZES
PENDULES

105 — Huit verres et deux carafes en cristal gravé et doré.

106 — Verre d'eau en cristal de Bohême. Divers lots d'assiettes en ancienne faïence.

107 — Rampes d'éclairage électrique, à perles de cristal.

108 — Douze couteaux de table; manches en argent.

109 — Douze autres couteaux de table ; manches en argent doré.

110 — Douze couverts de table.

111 — Jeux de brosses en métal.

112 — Bourse-sac de dame en argent doré.

113 — Los Emblemas de Alciato (1549), livre en langue espagnole, orné de gravures sur bois. Dans une *reliure en ivoire sculpté*, l'un des plats décoré de cariatides, d'une couronne et d'écussons, l'autre d'attributs guerriers.

114 — Corbeille à ouvrage, formée de trois petits paniers ovales superposés, le tout en ivoire très finement sculpté et ajouré.

115 — Une statuette en ivoire sculpté : la Vierge et l'Enfant. xviie siècle.

116 — Tau d'abbesse en ivoire sculpté : sujet allégorique.

117 — Trois plaques de coffret en cuivre repoussé ; motifs à personnages.

118 — Collier et bracelet en argent doré, ornés de pampilles, cabochons et scarabées en malachite.

119 — Collier, bracelet, broche en argent, jais et émail.

120 — Coulant de ceinture en or gravé et émaillé vert et noir.

121 — Broche, formée d'un sabre en or, jaspe sanguin et agate.

122 — Deux épingles de cravate, médaille et camée.

123 — Quatre broches, quatre bagues et un collier or ou argent.

124 — Bracelet gourmette en or et pierres de couleur.

125 — Médaillon, orné d'un émail peint, représentant l'Enfant Jésus. xviie siècle.

126 — Douze groupes ou sujets en ivoire sculpté.

127 — Buste de bacchante, les cheveux couronnés de pampres, en terre cuite ancienne.

128 — Autre buste, faisant pendant au précédent.

129 — Fontaine en ancienne faïence de la région de Nevers.

130 — Deux lions tenant [des cartouches armoriés en ancienne faïence de Lunéville.

131 — Cuvette de bidet en ancienne faïence polychrome de Rouen.

132 — Deux grands vases-tulipiers en ancienne faïence, décors de volatiles, d'arabesques et de fleurs.

133 — Vase à pharmacie en ancienne faïence italienne.

134 — Perroquet émail bleu turquoise, sur un rocher émail violet. Grès émaillé de la Chine.

135 — Autre petit perroquet.

136 — Nécessaire de fumeur en bronze vert et partiellement doré.

137 — Trois vases en ancienne terre ou faïence.

138 — Groupe colorié de trois personnages en costumes napolitains.

139 — Chien couché en pierre sculptée.

140 — Veilleuse mauresque en cuivre repercé.

141 — Motifs de coffret en cuivre repoussé ancien.

142 — L'Automne et l'Hiver. Groupe en bronze patiné, d'après Carrier-Belleuse.

143 — Coupe sur un trépied de forme antique en bronze ciselé, patiné et partiellement doré.

144 à 150 — Petits bronzes : appliques, cadres à rosaces, chutes, statuettes, cachets, etc.

151 — Bas-relief en pierre sculptée, représentant Hercule.

152 — Petite pendule à pilastres en marbre blanc, ornée de lyres, de chutes, etc., en bronze ciselé. Époque Louis XVI.

153 — Pendule en bronze ciselé et doré, formée d'une borne arrondie accostée de deux amours en bronze patiné figurant l'Astrologie révélée à l'homme ; socle rectangulaire. Époque Empire.

154 — Importante garniture de cheminée en bronze ciselé et doré ; la pendule est ornée de deux amours figurant la Peinture et la Sculpture ; chaque candélabre d'un amour figurant la Science, l'autre la Poésie.

155 — Garniture de cheminée en onyx et bronze ; la pendule surmontée d'une statuette de femme : la Poésie.

156 — Pendule en onyx, ornée de deux amours en bronze et d'une statuette de Minerve.

157 — Quatre appliques en bronze et cristaux.

158 — Galerie de foyer en bronze ciselé et doré, ornée de deux amours.

159 — Vue d'une ville et d'un paysage. Travail en liège, orné de paille et sciure de bois.

MEUBLES, SIÈGES

160 — Petite table en acajou, à rideau et tiroir. Époque Louis XVI.

161 — Guéridon rond en marqueterie et bois de rose.

162 — Petite commode à bijoux en bois peint en noir.

163 — Deux petites commodes en chêne sculpté. XVIIe siècle.

164 — Petite commode Empire en noyer, à colonnes ornées de bronze.

165 — Petite coiffeuse de table en acajou.

166 — Guéridon rond en bois laqué, décor au Chinois.

167 — Bureau à dos d'âne en bois, décor imitation de bois de rose. Époque Louis XV.

168 — Petite vitrine d'applique en bois sculpté. XVIIe siècle.

169 — Petite table-guéridon en bois de rose marqueté, avec tiroirs à pupitre, formant liseuse.

170 — Petit paravent en bois sculpté et laqué gris, garni d'étoffe style Louis XVI. — Autre petit paravent analogue au précédent.

171 — Glace médaillon ; cadre verre de Venise.

172 — Trumeau, orné d'un paysage.

173 — Commode à trois tiroirs en bois de rose et de marqueterie, garnie de bronzes; marbre Sainte-Anne. Époque Louis XVI.

174 — Horloge à gaine ronce de noyer, incrustée de marqueterie de citronnier, médaillon central en bronze ciselé et doré; le cadran à personnages articulés, surmonté de trois figures de bronze.

175 — Vitrine à une porte en bois sculpté et doré. Style Louis XVI.

176 — Grand meuble-bahut à deux corps, ouvrant à quatre portes, en noyer ciré et sculpté. Style Louis XV.

177 — Petit bahut à deux corps; marqueterie à décor de vases fleuris.

178 — Petit bureau de dame, formant pupitre, en bois de rose et marqueterie, orné de bronze, avec pupitre et classeur.

179 — Table-bureau surmontée d'un cartonnier, marqueterie dans le style de Boulle.

180 — Pouf carré, recouvert en tapisserie. Style Louis XVI.

181 — Deux grands fauteuils en noyer, recouverts de tapisserie au point. Style Louis XIII.

182 — Chaise de piano en noyer, recouvert de velours. Style Louis XVI.

183 — Fauteuil en noyer sculpté, recouvert de tapisserie au point.

184 — Deux fauteuils en bois sculpté, dossier et fond. Style Louis XVI.

185 — Fauteuil marquise en noyer sculpté et ciré, étoffe brochée. Style Louis XVI.

186 — Ameublement de salon, comprenant un canapé, quatre fauteuils en bois sculpté peint en vert, rehaussé de dorure. Époque Empire. Soierie à palmettes de ton jaune sur fond vert.

187 — Meuble de salon, comprenant : un canapé, quatre fauteuils en bois sculpté et doré, de style Louis XVI, recouvert de velours vieux rose, rayures et palmettes.

188 — Canapé-corbeille en bois sculpté et doré, de style Louis XVI.

189 — Deux fauteuils en bois sculpté et doré, de style Régence.

TAPISSERIES, TAPIS

190 — Tapisserie des Flandres, représentant l'Avant-festin des amours de Gombault, scène à nombreux personnages : fiancés, parents, musiciens ; dans le fond, les apprêts du festin ; bordure sur trois côtés, à médaillons, vases fleuris et grotesques.

2 m. 80 cent.×3 m. 45. cent.

191 — Panneau de tapisserie : Jeune femme à l'oiseau, dans la verdure. Flandres, xviiᵉ siècle.

192 — Fragment de tapisserie, à sujet de chasse au lion. Fin du xvᵉ siècle.

193 — Deux couvre-lit en filets et broderie. Six bandeaux de filets.

194 — Tapis de Smyrne, fond blanc ; bordure fond rose, fleurs polychromes.

3 m. 60 cent.×2 m. 60. cent.

195 — Tapis de Smyrne, fond rouge clair ; bordure fond bleu.

4 m. 40 cent.×3 m. 50. cent.

196 — Tapis de Smyrne, fond rose ; bordure crème.

3 m. 40 cent.×2 m. 40 cent.

197 — Tapis persan, fond rose ; bordure bleu foncé, dessins à fleurs polychromes.

5 mètres×3 mètres.

198 — Tapis persan, fond rouge clair; bordure bleu clair, à dessins de palmes.

5 m. 20 cent. ×4 mètres.

199 — Tapis persan, fond rouge; bordure bleue.

3 m. 10 cent.×2 m. 10. cent.

200 — Tapis marocain, fond rouge, fleurs polychromes.

4 mètres×2 m. 30 cent.

201 — Tapis-galerie, fond et bordure bleus, médaillons et fleurs polychromes.

3 m. 10 cent.×90 cent.

202 — Tapis-galerie, fond crème, à médaillons.

3 m. 40 cent.×1 mètre.

203 — Tapis d'Orient, fond rouge clair, à médaillon clair

3 m. 40 cent.×1 m. 30 cent.

204 — Autres petits tapis d'Orient.

205 — Objets omis.

9 782329 352190